KB237398

문학과지성 시인선 427

문학과지성사

팅커벨 꽃집

최하연 시집

문학과지성사에서 펴낸 최하연의 시집

피아노(2007)

문학과지성 시인선 427

팅커벨 꽃집

초판 1쇄 발행 2013년 4월 26일
초판 3쇄 발행 2018년 9월 3일

지 은 이 최하연
펴 낸 이 이광호
펴 낸 곳 ㈜문학과지성사

등록번호 제1993-000098호
주   소 04034 서울 마포구 잔다리로7길 18(서교동 377-20)
전   화 02)338-7224
팩   스 02)323-4180(편집) 02)338-7221(영업)
전자우편 moonji@moonji.com
홈페이지 www.moonji.com

ⓒ 최하연, 2013. Printed in Seoul, Korea

ISBN 978-89-320-2402-8 03810

문학과지성 시인선 427

팅커벨 꽃집

최하연

2013

시인의 말

나의 시는 시가 아니고
나는 시인이 아니다

아무도 주문하지 않은
시를 포장해
두번째 배달을 나가신다

2013년 봄
최하연

팅커벨 꽃집

차례

제1부

초사흗날 아침

언덕에 꽃이 맺혔다

골목에 눈이 내렸다
불 켜진 창이 있었다
동그란 것들이 몰려왔다
반쯤 열어놓은 바다가 있었다
두 개의 동그라미가
서로의 등을 어루만지며
동그라미를 지우고 있었다

눈이 왔고
꽃이 졌다

지워지는 화원 1
── 빈센트에게

해바라기가 노랗다
꽃잎이 꽃잎을 덧칠해 내려갔다
허공이었다

이 얼마나 멋진 세상인가
루이 암스트롱의 노랫소릴 들으며

꽃잎이 꽃잎을 덧칠해 올라갔다
허공이었다

밤새 비가 내렸고
노란 비가
노란 꽃잎을 적셨다

꽃잎이 꽃잎을 덮고는 잠이 들었다

날이 밝으면
꽃잎이 꽃잎을 덧칠해 내려갔다

허공 한 잎이
허공 밖으로 떨어졌고, 그 밖엔

눈을 꾹 감은 고양이가
두 발을 모은 채
노랗게 앉아 있었다

꿈꾸는 화원

양가죽을 사 들고는
꽃집의 문을 두드린다

어느 날은 죽어가는 가물치를
신문지에 받아 들고
꽃집의 문을 두드린다

다리를 건너면 산이 있고
돌 다듬는 사람의 마을을 지나
그 안쪽에 시장이 있었다

꽃집에선 밑동 잘린 꿈과 함께
계절들이 차례로 닳아갔다

끝과 끝이 부딪히며
위와 아래가 지워졌다

개울을 건너면 구름이 있고

탑 도는 사람의 마을을 지나
그 안쪽에 시장이 있었다

어느 날은
하지와 동지를 한 봉투에 받아 들고
꽃집의 문을 두드린다

꽃집에선 피었다 진 여름이
피다 만 겨울과 함께
하얗게 바래갔다

하나와 둘 만큼
하나와 하나 이전 만큼

안식일의 정오

홍단풍의 세계와 붉은 목련의 영토 아래,
까마귀의 심장 하나가 떨어졌다

꽃잎 하나 질 때마다
심장은 한 번씩 뛰었다

우리는 어울리지 않았다

그늘 아래 벤치에서 내가 마주친 당신의 눈 속엔
자장가 같은 것이 들어 있었다

일어났더니, 무덤 속이었다

관을 열면, 내 심장에서 당신의 눈동자까지 삼천
개의 달이 계단마다 놓여 있었다

숲이 자라는 소리와 당신이 또각또각 걷는 소리를
들으며

떨어지는 꽃잎을 기다렸다

불 켜진 창마다 두드려보고 녹슨 난간을 쪼아도 보
았지만,
그 깊은 땅속엔
아무것도 없었다

알람을 맞추고 문을 닫았다

태양은 늙은 복서처럼 달렸다

나니오시떼루

여름 햇살 사이로 장대비가 내리고 있었다

문장 하나가 고무공처럼 튀어 올랐다

공의 이마에 빗방울이 차례로 내려앉았다

공은 가래톳을 앓고 있었다

튀어 오를 때마다 공의 얼굴이 잠깐씩 찌그러졌다

뻐.근.하.고.도.팽.팽.했.다.

나는 공이 아니고 공은 내가 아니다

문장과 문장을 이어 붙이는 사이

빗방울 하나가 공의 이마에 뿌리를 내렸다

저기 저 지붕과 저기 저 산 위의 탑 사이로

고무공꽃이 피어났다

여름 장대비는 점점 굵어졌다

꽃이 지자 빗방울마다 가래톳을 앓기 시작했다

고무공은 떠내려갔다

의자도 떠내려갔다

아메리카 젖소도 떠내려갔다

아흐렛날 저녁

남겨진 시간은 짧았다
등 뒤의 마을 등 뒤의 지붕 아래
밀봉한 나무 상자와
염포 두른 붉은 입술이 있다

보이지 않는 세계다

돌아보지 마라
돌아보려고 반쯤 등을 돌린 곳에
삭아서 못쓰게 된 달 하나가 뜨고
봄눈과 엉긴 개벚꽃 꽃잎이 떨어지고 있다

손등을 들추지 마라
묶인 손을 자꾸
뒤집지 마라

노오란 화물차 아래
고양이를 옮겨놓지 마라

등 뒤의 세계다
돌아본 곳마다
구름이 그림자를 감춘 채
봉우리 하나씩 깨물고 있다

어느 날은 까치가 뛰어다닌
양철 지붕 위로
새벽달의 등껍질이 떨어져 있다

무심코 줍지 마라

삭은 채 내려앉는
일시 정지의 세계다

강 위로 바람이 분다

짧아지는 푸른 신호등의 꼬리를

밟으며
다다르려 하지 마라

누구나 한 번쯤 마주친 붉은 부엉이의 세계다

손톱 끝엔 제발
물들이지 마라

이렛날 자정

창밖에 새가 있었다
테이블의 유리잔이 비어가는 동안
새가 나뭇가지를 물어 와
세상의 첫 난간을 창조했다

이튿날 아침엔 아—와 우—로 된 둥근 알을
낳고는, 생각했다
난간을 일곱 번 도니 알을 깨고
바람이 태어났다

그물은 싫다고, 좀 치워주겠니
그물이 싫은 그녀가 TV를 끄고
손톱에서 비늘을 떼어냈다

세상 가장 높은 곳에서 당신은
위태로운 난간을 디딘 채
고개를 조아렸다

새가 날자, 비로소 모서리가 되었다

이렇게 쓰고는
그녀 옆에 모로 누웠다

모서리에 찢긴 달의 상처가 밤새
부어올랐다
한날한시에 고양이가 다리를 떨었다

구름이 몰려오고
새의 영토로
조기경보기가 들어왔다 나갔다

교회 십자가가 빨갛게 빛나던 날 자정이었다

바람이 장성해 돌아왔고
내 방 지구본의 한쪽이 조그맣게 무너졌다

검은 가지들이
똑 똑 부러지던 날,

우리의 난간도 무너져 내렸다

난파선

꿈마다 포스트잇을
붙여놓았어야 했다

알래스카의 얼음집에 녹슨 타자기를 놓고 나온 날
난 알아차렸어야 했다

나는 당신을 처음 만났거나 보았으며, 말하자면 끝
도 없이 펼쳐진 호수는 잔잔했다로 끝났지만,

정오의 햇살 아래에선 왜 습관적으로 이가 시린지
집 안 모든 서랍이 왜 한꺼번에 잠겨 있는지
알아차렸어야 했다

비늘 다듬어진 물고기를 따라 바다로 나가던 날
회전목마가 있는 그 벌판에 서서 나는 영원히
당신을 기다리겠노라고 말했어야 했다

저녁마다 붉어지는 서쪽 하늘의 어느 페이지에 당

신을 위한 갈피를 꽂아 넣을 것인지,

　잠든 내 얼굴이 지워지기 시작한 첫날만큼은 기억
해두었어야 했다

　밑줄 긋기조차 무서운 날이 왔고 나는
　다시 처음부터—

　잠들지 말았어야 했다

포도밭
—기형도 20주기에 부쳐

포도밭에
포도밭에 창 하나를 달았다

"한 사내의 그림자가"
"잠깐씩 떠오르다 사라지는" 풍경 속에서
"내 弱視의 산책"이 비롯되는 동안

창 안쪽으로 새들이 내려앉았다

태초의 하늘은 수세식이었다
손잡이 줄을 당기자
손잡이가 내려왔다
밭이랑마다 하늘이 썩고 있었다

서울타워를 비데의 노즐이라 비유하자면

나의 언어는
전무후무한 엉덩이를 주인으로 모시고

무교동이나 파고다 어디쯤에서
어느 하루 한 알 "새파란 소스라침으로 떨어"지는
당신의 포도송이를 뒤적거리다가

나의 언어는,
알리의 잽보다 빠르고
어떤 자위기구보다 짜릿한
진동의 세월을 지나
당신의 마른 넝쿨 사이를
가로지르다가

낯익은 얼굴을 만나고
처음 보는 이의 이름을 기록하고
처음 앉는 의자의 다리를 세어보고
다시 돌아와 당신의 창문을 두드린다

똑똑 여기가 당신이 섬기는
우주적인 또일렛또인가요

포도밭을 지나
바지를 올리고
줄을 당기면

나의 언어는
봄을 싸지르고 여름을 생각한 후
된 가을을 뭉개놓을 때의 그 밭이랑에서

나의 언어는
맴돌고 무너지고 사라진다

어느 날은 총성이 울렸고
새들은 날아갔다

* 따옴표 안은 기형도의 시 「포도밭 묘지 1」 중에서.

도화지

손가락을 들어

선 하나를 지웠더니

크레인이 무너졌다

귀퉁이를 접자

거대한 돌멩이가 굴러왔다

편의점에 몸을 숨기고는

안심했다

며칠 갇혀 있어도 굶지는 않겠군

대통령의 헬리콥터는 임기 후반에 더 자주 날곤 했다

고양이가 지붕에서 뛰어내리자

선 하나가 지워졌다

지워진 선을 따라 물이 차기 시작했다

성 안토니오 미사곡을 들으며

물속 세계를 묵상했다

선 하나를 지웠더니

옥인동 기왓장 위로 붉은 태양이 떠올랐다

눈물이 났다

선 하나를 지웠더니

막다른 화원

유리 지붕 아래
검은 나비

하늘 끝에 다다른 당신의
날갯짓

당신의 하늘은
오늘, 거기까지입니다만

정수리의 통점과
유리 아래의 세계

그저 툭, 떨어지길

당신의 하늘은
들이받을수록 단단해졌지만

당신의 하늘은,

무너지지 않았다

난간에선 여자들이 차례로
뛰어내렸고

골목이 꺾일 때마다
내 꿈의
정수리가 아파왔다

유리 지붕 아래
검은 나비의 하늘 끝에서

오래 기다렸다
오래 기다리다

그저 툭, 떨어지길
기도했다

제2부

내수동과 적선동 사이

엘리베이터는 일어나, 걸었다
해 뜨고 해 질 때까지 걸었다
엘리베이터는 별자리를 헤어가며 걸었고
왼발이 지치면 오른발로
오른발이 지치면 그냥 걸었다
자전거를 만날 때마다 골목을 한 번씩
바꿔가며 걸었다, 막다른 곳에 다다르면
자신의 배에서 골목을 꺼내 또 걸었다
걸어가는 엘리베이터에게 인사를 해도
엘리베이터는 그냥 걸었다
거미가 거미줄에 매달렸다
거미줄이 천장에 매달렸다
오랜 세월이 흘렀다
엘리베이터는 걷다가 생을 마쳤다
엘리베이터의 봉분은
엘리베이터 모양으로 만들어졌고
그 무덤 깊숙이 막다른 골목이
끝없이 펼쳐졌다

지워지는 화원 2

고욤나무에서 딸기를 땄다
회전문 아래 넝쿨을 심었다
창을 떼고 모기장이라 쓴 종이를
창틀에 매달아놓았다
동태를 버리고 신문짓국을 끓였다
펜대를 굴려봐도 방법은 없었다
문맹에서 벗어난 모기들이
모기장 밖에서 서성였다
잠시 웅성거렸지만
넝쿨은 자라며 줄기마다
와이파이를 설치했고
모기들은 종이 위에
구멍이란 글자를 써넣었다
이해하는 것이 다가 아니었다
동태 맛 신문짓국을 먹다가
의자에 발가락을 찧었다
대략 37도 정도
페트병에 담긴 오줌의 온도는

알아맞히기 쉬웠다
밤새 모기에 시달렸다
백 년이고 이백 년이고
고욤나무에서 딸기를 땄는데도

폭우

등 두 개가 켜졌다가
하나가 꺼졌다
슬리퍼가 지나가고
또 한 사람이 지나갔다
내가 기억하고 나를 기억하는
모든 이가 다 지나가자
비가 모퉁이를 적셨고
아래로 흩어지는 것과
솟구치며 점이 되는 것 사이로
반바지를 입은 아버지와
기저귀를 찬 딸이 손을 잡고
걸어갔다
폭우 속 골목으로
끝끝내 놓친 첫 행이
발목까지 차올랐다

호우

이젠 알겠다
구름이 무거워 비 내리는 것이 아니라
그저 심리 현상이라는 것을

하늘도

나무를 옮겨 심으려면 분을 뜨듯이
한 삽 푹 찔러 넣을 때 뿌리 잘리는 소리처럼
명료한

순간이 필요한 것
그리하여
빗방울은 저리도 요란한 것

물 차오르는 반지하 방에서

이젠 알겠다
누군가 하늘 한 덩이
푹 퍼 갔음을

여드렛날 아침

쇳소리가 멈추지 않는다
고개를 돌렸다, 아무것도 아니었다
사내는 중얼거렸다
발꿈치가 간지러웠다
사방에서 전화기가 울렸다
이렛날이 다 가고 새날이 밝았다
죽은 듯 고요했다
그 사이로 말쑥한 꽃술이 올라왔다
껍질을 잘라내고는
칼을 돌돌 말아 깊숙한 곳에 숨겨두었다
꽃이 질 때까지 깨지 말았으면 했다
쇳소리는 그치지 않았다
쌩 하는 소리와 함께
배가 반음씩 가라앉았다
정수리가 빨갛게 달아올랐다
배고픈 전함에서 병사들이 뛰어내리고 있나이다,
이렇게 쓰고는 물을 끓였다

깊고 차가운 물속에
나무 한 그루를 심었다

쥐며느리의 시간

천장에 붙어 내려다본다
롤러스케이트를 신은 소년을 지나
신호등 아래 오래 머무르던 유모차를 지나
캄보디아 버뮤다 포클랜드 홍콩을 차례로 들러
돌아온 곳은 2층 창가였다
뜨는 달을 바라보며 하루의 태양이 잠시
머물렀다, 오렌지색 태양은
과녁처럼 빛났다, 한 방 맞았다
실패를 두려워하지 않았다
실패는 먼저 간 실패보다 강했다
정말로 먼 곳까지 왔다, 무지막지했다
다리를 털며 쥐며느리는
꽃잎 위로 돌아갔다
빗나간 야구공은 사직단에 떨어졌다
제단의 돌판을 밟으며 도쿄 만의 게 요리를 생각
했다
비가 문장의 뿌리를 적셨다
방울토마토는 시큼했다

밤이 와도 새는 날개를 접지 않았다
모래를 뒤졌지만, 달팽이는 없었다
쥐며느리는 천장에서 천장으로 돌아갔고
나는 비로소 바닥에 매달렸다
첫잠이 들었다

그믐날 오후

손톱을 세워 허공의 동맥을 그었다
인질은 무사했고
낮달은 등을 돌렸다

손톱을 세워 허공의 동맥을 긋고
생피를 받아 마셨다

피가 다 빠져나간 자리로
가라앉는 것은 오로지 새의 날개뿐

손톱이 지나간 자리로
무너진 세계의 흉터가,
꺼내보지 못한
오래된 약속 같은 것들이, 아물고 있었다

소금과 함께 묵혀둔 태양의
발가락이 까맣게 멍들어 있었다

핀볼

편의점과 편의점 사이에

미루나무가 있었다

바람이 허리를 꺾어놓아도

미루나무는 새의 둥지를 놓지 않았다

덜컹거리는 세계로

팡파르가 울려 퍼졌다

둥지와 둥지 사이엔 달이 있었다

눈보라가 둥지를 흔들고는

바닥을 뒤졌다

중력이 모자라 날개는 자유다

날개와 날개 사이에 안개가 있었다

달무리를 걷어낸 손가락이 얼얼했다

덜컹거리는 세계가 반짝였다

가로등과 가로등 사이엔

녹슬어 못 쓰게 된 거울이

거울과 거울 사이엔 네발 달린 짐승이

시린 달을 물어뜯고 있었다

먹

떨기나무는 없지 싶어
참새 떼가 날아갈 때
그것만큼은 지독하지 싶어
떨어져 나간 활자였다가,
떼로 내려앉을 때
어찌하여 후두두 허공일까 싶어
점과 점 사이에 발을 담그고
참새와 참새 사이에
선 하나를 긋지 싶어
나의 혀로는 발음할 수 없는
저 언어는
꽝꽝나무에서 한꺼번에 솟아올라
시린 손 감추지 싶어
강이 녹고
새 떼가 날면
저 빌딩은 소리 내며 기울지 싶어
넘어지면서
내가 디디는 이 손바닥이, 그게,

어쩌면 마지막이지 싶어
새가 날고
눈이 오는 날은
더욱,

지워지는 화원 3
—사티에게

1

꽃의 꽃이 피었다
골목이 골목 끝에서 뛰어내렸다 사과 한 알이
사과나무에서 떨어진 날
꽃의 꽃이 피었다
어둠이 청력을 잃은 날
왼쪽이 오른쪽으로 건너간 날
널어놓은 이불 아래
잠든 고양이가 잠들어 있던 날

2

선 하나를 긋고
선 하나를 지웠다
손톱과 매니큐어 사이에
꽃과 꽃잎 사이에

피에로와 회전목마 사이에
긋고 지웠다
이번 휴게소와 다음 휴게소 사이에
말러와 사티 사이에

뛰어내린 골목이 들고 돌아온

닿은 눈송이와
닿지 않은 눈송이 사이에
긋고 지웠다

꽃의 꽃이 피던 날

나는 참위설을 믿지 않는다[*]

숲을 열어보라
숲에는 숲의 어둠이 있고
주인 없는 무덤과 돌판지에 놓인 오래된 이야기가
있다
숲의 뚜껑을 열어보라
바람이 세놓은 골짜기마다
프린트된 줄무늬 패턴이 있다
숲의 바닥을 뒤져보라
숲에는 숲만의 참위가 있어
직진 후 직진의 꽃이 피고
주황과 주황 사이에 빨강은 빨강으로 한꺼번에 피
었다가
정지선에 선다 그리하여
병산 만대루의 앞산은 어디로도 회전할 수 없어
병산 만대루의 앞산이 되고
돌판지에 놓인 오래된 이야기들은
새의 모이가 되어 숲 어딘가에 뿌려진다
숲을 열어보라

숲엔 숲의 어둠이 있고
좌로도 우로도 회전할 수 없는 무덤과 묘석이
하루씩 낮아지고 있다

* 다이허우잉, 『사람아 아, 사람아』 중에서.

제3부

체리에게

덩샤오핑이 주방에서 중국식 냉면을 삶는 동안 그녀는 거실 바닥에 앉아 검은색 매니큐어를 칠하고 있었다 처음엔 엄지발톱만 칠하기로 했다 열번째 발톱까지 다 칠하고는 고양이 발톱 스무 개를 마저 칠하자 그녀는 심심해졌다 그녀는 배가 고프다고 소리쳤다 덩샤오핑은 냉면 위에 얹을 오이를 채 썰며 분명한 사건을 생각했다 냉면의 맛은 과연 어디에서 오는가 면이 삶아지는 동안 창밖에서 매미들이 일제히 울기 시작했고 다리 긴 홍학이 테라스에 앉아 이 모든 것을 지켜보고 있었다 홍학의 부리에 매니큐어를 칠하겠어요 그녀가 중얼거리며 일어서는 동안 우리의 덩샤오핑은 면발을 젓다 말고 리볼버 한 자루를 꺼냈고 한 손으론 냉면을 저으며 다른 한 손으로 창밖을 향해 두 발의 총탄을 쏘았다 첫번째 총알이 어머니와 고리끼 사이에 그려진 동그라미를 맞추자 책 먼지가 일었고 두번째 총알은 소파에 걸쳐둔 보라색 슬립의 옆구리를 관통해 어디론가 사라져버렸다 Bullshit! 덩샤오핑은 끓는 물에서 면발을 건져 올려 찬물에 헹구

기 시작했고 검정 부리를 가진 홍학은 산의 서쪽으로
날아갔다 홍학이 사라지고 만 서쪽으로 산의 궁리가
조금씩 휘었고 그해 여름 산의 겨드랑이마다 염증이
생겼다 비가 오면 염증의 증세들이 사라졌다 오이채
가 얹힌 중국식 냉면은 본차이나에 담겨 그녀 앞에
놓였다

경복궁역 일층까페

젖히고 누르면 입구가 열린다 내게 그건 사각형이
다 너는 그걸 정육면체라 부른다 종이 상자다 종이
상자 안으로 해가 뜨고 해가 진다 인왕산 바위에 노
을이 머문다 방패 위에도 노을이 머문다 김이 나는
에스프레소를 들고 사각형 밖에서 사각형 안을 들여
다본다 모서리 한쪽이 모자란다 내가 거기에 있다 너
의 모서리도 한쪽이 모자란다 너도 거기에 있다 그
사각형이 왼쪽에서 오른쪽으로 가다 서다 구르다 군
홧발 아래 멈춰 선다 식어가는 에스프레소를 세 번
젓고는 방패에 찍혀 갈라지는 노을의 고통을 생각한
다 조금씩 찌그러지는 정육면체의 문을 연다 정육면
체 안에 모서리 해진 사각형들이 빼곡하고 수북하다
상자 안은 언제나 통, 통, 비어 있다

나무 심기 좋은 날

블라인드는 딱딱했다
어쩌면 아무것도 못 할지 몰라
첫 장을 넘기면 강이 흘렀다
강을 따라 검고 네모난 얼굴을 들고 달렸다
젖은 세계와 젖지 않은 세계가
서로 끌어안은 채
언덕 위에 잠들어 있다
검고 네모난 얼굴을 서랍에 넣어놓고는
블라인드를 당겼다
반쯤 닫힌 세계가 반쯤 열린 세계를 향해
천천히 쓰러진다
백일홍이 갱년기를 앓는다
초승달이 자폐를 앓는다
그 아래 뿌리 잘린 네모난 얼굴이 수북하다
여기서부터인가 저기까지인가
나무 심기 좋은 날이라 쓰고는 땅을 팠다
블라인드는 딱딱했다
검고 네모난 얼굴 위에 흙을 덮고는

꾹꾹 밟았다

첫 장을 넘기면
강이 흘렀다

딸꾹질

그녀의 귀밑머리엔 동그란 트랙이 하나,

늘 디딤발이 문제였다
삼단 뜀틀보다 높은 벽이 어디에 있겠어요

자다 깬 그녀는 귓불을 만져달라 했다
거긴 통점(痛點)의 공원묘지 같은 곳이라고 했다

한 바퀴를 구르고 나면 트랙이 조금 찌그러지고
자전거 바퀴도 찌그러지고

트랙을 가로지르면 잔디밭이,
잔디밭을 건너면 젖은 매트리스를 말리는 창고가,
창고의 뒤편으로 핫도그를 파는 상점이,
상점 끝에 또다시

출발의 신호를 기다리는 정지선,

그 위로 동그랗게 달이 솟고
어느새 달이 기울고 있었다

한 손에 체리 사탕을 든 채

두 시 방향에 적기 출현

그녀에게 나침반을 선물한다 그녀 손에서도 빨간
바늘은 빨간 바늘이다 그녀 손에서는 빨간 바늘이 뱅
글뱅글 돌기를 바랐다 네 총탄은 내게 좌약이다 구릿
빛을 보면 설사를 한다 철모와 총알구멍은 자매지간
이다, 나침반이 첩질로 난 자식들이다 호루라기와 해
진 무릎이, 내 무덤과 너의 젖가슴이 처첩지간이다
그녀가 나침반을 빙그르르 돌린다 그럼, 너는 두 시
방향에서 나에게 오는 거니?

거니,

기억하는 거니 그 소절, 넌 내 가슴에서 언제 떨어질래, 넌 왜 왼쪽 젖꼭지만 무는 거니, 난간과 의자는 왜 사랑에 빠지지 않는 거니, 빌딩의 모서리는 왜 불어터지지 않는 거니, 주머니를 뒤지면 엄마들이 한 움큼, 커서는 왜 마흔아홉 칸에서 매번 처음으로 돌아가는 거니, 네 썩은 고환이 왜 항상 내 그릇에 들어 있는 거니, 이걸 나더러 어쩌라는 거니, 오늘도 같은 것을 주문하니, 네온은 밤마다 무엇을 되새김질하는 거니, 어떤 동풍이 내 창의 멱살을 잡는 거니, 내 잠엔 왜 할인 쿠폰이 없는 거니, 넌 누구니, 재만 남는 거니, 그런 거니,

뜨개질하는 여자

그녀가계단을오릅니다
부엌창가엔아카시아의궁전이그려져있고
달없는달그림자는침이돌아
오성홍기속별사탕을노려보고있습니다
그녀의혀가내입속으로들어오는순간
내두손은그녀의다섯번째와여섯번째의손이되고
각각의손엔붉은네온십자가와흰네온십자가가쥐어
져있고
비둘기들이날아와두십자가중하나는분명
이미테이션일거라고논쟁하는동안
그녀는사라지고
나는다시잠이듭니다
손목없는나를끌고밤새워도시를떠돌아도손목을
찾을수없어, 기둥이란기둥마다오줌을바르고다니다가
돌아온저녁, 기필코내일은
손목대여점에들를것이라, 다짐하면서도
나는그녀의혀맛을잊을수없습니다
고양이가남긴붉은십자가의부스러기를

비둘기들이쪼아먹고있는동안
또다시잠이듭니다

저기수만개의손목을달고
소녀처럼앉아있는한여자가있어
올챙이가올챙이를잉태하는순간들을들어올려
손가락으로톡톡터트리고있습니다

알래스카에서 온 편지

보석 박힌 나비 한 쌍과

중철로 묶은 풍경 한 질 보내드립니다

육중한 사슴이 당신을 노리고 있습니다

달빛 한가운데 멈추지 마십시오

호수를 건널 때도 그러길 바랍니다

달은 없는데 달 그림자가

너무 길어 자루 몇 개 함께 넣었습니다

한 줄 구름에 도르래를 매달아

호수에 드리운 설산도 몇 개 건져놓았습니다만,

당신이 떠난 뒤로 능선에 목매단

계절 몇 개는 구하지 못했습니다

눈꺼풀은 근신 중이고 당신께 받은

불임의 상대적이고 절대적인 사용법을

자꾸 잃어버립니다

중철로 묶은 풍경 한 질

다 읽으실 때쯤 사슴의 뿔을 피해

새 떼의 날개를 조심해

소식 또 전하겠습니다

심장과 손톱 사이

심장과 손톱 사이에
가시나무 한 그루를 심고는
밤새 말을 더듬는다

모로 누울 때마다
사랑 같은 것들이 따가웠다

손톱 끝에 가시나무 꽃이 피고

가시에 걸린 바람의 살점을 뜯어 먹으며
구름은 또 밤새 비를 내렸다

꿈의 뿌리가 젖는 동안

손톱 끝에서 꽃송이가 사라지고
머리끝에서 머리카락이 사라지고
혀끝에서 입술이 사라지고

바퀴벌레의 촉수가 사각사각 지워지고
새의 부리가 녹아내린다

꿈이 하나의 점이 될 때까지
꽃이 다 질 때까지

지워지는 화원 4

맑게 갠 하늘 한 마리 건져 올려
간 십이지장 콩팥 대장에 바늘 찔러 허파와 함께
꿰매놓고 보니
항구에 도착했다
끓인 민어를 시켜놓고
그녀는 춤을 추었고
우걱우걱 옥수수 알갱이를 한 움큼씩 씹어 잡수신다
요람에서 굴러떨어진 아이
팔 인 병실의 TV
양지바른 곳에서 전화하는 엄마
식당마다 앉을 자리가 없어
옥수수를 되새기며 사랑 아닌 모든 것에
점수판을 들어 올리며
항해일지 묶음을 하나씩 읽어 내려간다
나는 주장한다
바다엔 커튼이 없다
바다엔 스펀지 기저귀 타월 이런 것이 없어서
발바닥이 모두 젖는다

완고한 두 기압 사이에
빈 플래카드가 걸리고
바람 불자
모두 날아갔다
잡아당기다 보면
꽃이 피고
잎이 나고
안개에 휩싸인 한 채의 바다가
뒷산과 앞산 사이에서
모락모락 타오른다

아카펠라

비엔나에서 온 소년은 눈이 크고 이마가 넓다, 한
때 군벌이 되려 했으나, 소년의 하반신은 매일이 장
외 투쟁 중, 초침들은 급발진을 거듭했고 누구도 리
콜을 말하지 않았다, 달빛의 참전기도 온전히 기록되
지 않았다, 망치 참호 소총 전동차 소년은 복문 쓰는
것을 잊었다, 달빛의 격전지를 찾다가 덫에 걸린 거
다, 빌딩의 아랫도릴 들춰보면 압사당한 달빛의 유골
들, 나는 당신의 무명용사, 당신은 나의 무덤, 지퍼백
을 꺼내 모노톤의 꿈과 컬러 꿈을 나눠 담고 길을 떠
난다, 묘지기의 집엔 저울이 없다

제4부

빨강의 기원

너를 한 마리씩 잡아먹을 때마다 변기에 앉아 생각
한다, 내가 먹은 것이 정녕 무엇이란 말인가, 롯데마
트 앞에서 제자리 뛰기를 하던 노숙자가 대답했다,
저는 내일이면 지구 끝에 도착합니다만,

홍학 한 마리가 길을 가다 홍학 두 마리를 만났습
니다, 홍학 세 마리가 길을 걷다 홍학 한 마리를 만났
습니다, 홍학 한 마리가 말했습니다, 여기는 막다른
골목입니다만,

빨간 장화를 신고 있었다, 장마가 그치고 한여름이
왔다, 지붕 위에 장화 한 짝이 굴러다녔다,

후쿠시마

산성비가 오히려 고마웠다

이렇게 쓰고는 목발을 버렸다

개가 바람을 향해 짖었다

고양이가 자기 꼬리를 쫓아갔다

새들은 마주 앉아 서로의 부리를 씹어 먹었다

올해는 묵은쌀이 햅쌀보다 비쌀 거예요

이렇게 말하곤 전화를 끊었다

논두렁의 달팽이가

두 마리의 소금쟁이를 낳았다

두 마리의 소금쟁이는 여덟 마리의 거머리를 낳았다

산성비가 오히려 고마웠다

목발을 버리고 절룩거리며 비를 맞았다

공자가 자로에게 물었다

정녕 이 비를 맞아도 되겠느냐

4월의 비는 짜고 매웠다

기차에서 바라본 하늘은 감마선 맛이었다

수통엔 소주가 가득했고

증기탕에 앉아 모래시계를 뒤집는 동안
땀이 흘렀다 짜고 매웠다
원자로는 식는 법을 잊었다
중성자가 튀어나왔다
그해 가을, 여덟 마리의 거머리는 미각을 잃었고
소금쟁이의 큰딸이, 고양이의 내연녀가,
부리 없는 새들과 달팽이의 하루가
대충 무사했다

돌이켜보면
산성비가 오히려 고마웠다

심야영화제작소

서랍을 열었다 묵은 양말을 꺼내
하나, 둘, 셋
세어가며 얼굴 지워진 미키마우스에게
소나무 아래─라는 메모를 남겼다
지하 이발소의 불이 꺼지고
소나무 아래, 비를 맞으며 널 기다린다

화분 가게에서 화분을 샀다
꽃잎마다 이름을 지어주며
지하 입구만 바라보고 있었다

그냥 가줘
소나무 아래, 비를 맞으며
복사집 아저씨가 화를 냈다
떡집 아저씨는 다시 가자고 했다
마지막 장면만 서른여덟 번 찍었다
대사는 두 줄이 바뀌었다

뜨거운 국물을 마시며
지하 이발소 의자에 앉아 있을 마네킹을 생각했다
조명은 언제 켜는 거야
언제나 첫 신은 소나무 아래,
동쪽 하늘부터 페이드인

우리는 공식적으로 언제
파산할 수 있는가

당신의 이불 모서리에서 젖고 있었다

구름은, 깊이 패어 있었다
새는 날갯짓 한 번으로 날아올랐고
그 후론 한 번도 땅에 내리지 않았다
기록된 증언은 뒤바뀌지 않았다
위대했다
발자국으로는 모든 사건을 재현할 수 없었다
참혹하게 비가 내렸다
보폭은 무거웠고 '흔적'은 쉽게 사라졌다
망각의 시간이 지나고
고고학자들이 가을비를 추적했다
얼마간은 평화로웠다
새는 발자국을 남기지 않았다
그 대신 비가 내렸고
누군가,
달의 뒷면에서
떨어진 운석을 두들기며
지구의 나이를 생각했다
또다시 비가 내렸다

통인동과 누하동 사이

새 기둥이 하나, 낡은 기둥이 둘
이 골목의 3월은 공사 중이고
봄은 겨울로 하루씩 우회하고 있다

바람 부는 날
길 위에서 졸면서 돌아왔다
강을 건너와
새 기둥 아래 섰다

새 기둥이 둘, 낡은 기둥이 하나
눈보라는 육지의 끝에 다다라
어느 길로 우회할 수 있을까

새 기둥 아래
누군가 진입 금지를 치워줄 때까지
계절의 우회로에서
먼저 핀 꽃들이 줄을 맞춰
우두커니 졸고 있다

주는 그리스도시요 하나님의 아들이심다

앉은 자리에서
앉아 앉아 앉아
세 번을 외치면
거북이 고양이 토끼 새앙쥐 순으로
진화하고
되감긴다
여긴 참 살기 빽빽해요
등이 굽는다 등이 눕는다
5년을 단위로
하나
5년을 더 보낸 후
둘
풀은 눕는다, 그치?
이제부터, 누워 누워 누워
세 번을 외치면
그것을 보리라
변화산에서 찍고
갈멜산에서 생수 한 통을 비운 후

참외 두 개와 오이 한 개로
점심을 먹고
누운 풀 위에 누워
세 번을 외친다
주여, 주여, 줘여

새의 날개 아래 완고한 벽

1

구름은 모여 하나의 점이 되는가
새의 날개가 지나간 자리
점과 점 사이에 어떤 부표를 매달아야 하나
한 점 안에 지웠다 쓰는 내 안의 항로

손 뻗으면 닿을 수 있는 곳이란
존재하지 않는다
가령
솔잎이 아무리 뾰족해도
달을 찌를 수는 없다

2

새의 날개 아래

붉은 꽃잎에 얹힌 하늘의 무게를
벌 몇 마리와 나비가
덜어내고 있다

거짓말처럼 완고한 바위들은
자주 치주염을 앓는다

이불을 꿰매며

안전선 밖으로 물러났다
한 땀 한 땀 달려와 멈춰 선다
이 바늘에 몸 실으면
목 잘라 의지를 표명한 사내들의 무덤과
잡초만 무성했다던 녹색 들판에 가
닿을 수 있다
시청에서 을지로까지
초록 바늘 자국은 타원형으로 동그랗고
빨강 실밥은 서쪽 바다에 가 닿는다
그러나 강 북쪽과 강 남쪽은
형형색색의 실로도
당겨지지 않아
언제나 그 아래로 물이 흘렀고
가끔은 넘칠 수도 있었다

밤마다 새로 꿰맨 이불이었지만
물소리에 잠들 수 없었다
잠이 오지 않는데도
뒤척일 수 없었다

하나와 둘
―준규에게

나는 세상의 첫 바람을 만져볼 것이다
텅 빈 옥상에 앉아
허공에 매단 허공의 종을 두드리면
햇살 아래 시인이 하나
젖가슴은 존엄하다
발등에 떨어진 바람의 비늘을 주워 들고
한 번 깨물면 세상 모든 창이 흔들리고
씹히는 것마다 흑백이다

바람은 눈꺼풀을 달지 않고 태어났다

7월 6일

길 잃은 까만 염소를 안고 와
밥상 곁에 앉혀놓고 어머니를 모셨더니
염소더러 서울 사는 우리 아들이라 한다
쑥떡을 뚝 잘라 염소 입에 넣어주며 아들이라 한다

염소도 나도 엄마도
이 장면이 너무 익숙해 요를 깔고 누워 잤다

염소가 되새김질하는 유년은
말뚝이다
배구공 치던 엄마의 유년도 부산 미군기지의 말뚝
이다

폐에 탈이 난 것은 아닐까
자기공명촬영기 속 나의 유몽(幼夢)은 막힌 굴뚝
이다

떠났다

다 떠나고 위로 올라오는 것들을 걷어내며
가라앉은 도시
술지게미 속 효소처럼 빌딩의 불빛은 발효되고 있다

엄마는 잠들었다
다시는 깨지 않으리

작고 힘이 센 용 한 마리를 묶어 미용실에 데리고 가는 방법

전봇대와 담배 가게 사이에
뿔이 걸리고
건넛집 아저씨와
그 건넛집 아줌마 사이에서
비늘이 뜯기자
지나온 골목을 다 씹어 드시고
네거리 건널목에서
바뀐 간판을 세다가 파란불을 놓치고
서쪽 끝까지 날아가 달이 어디까지 갔나 보고 돌아
왔더니
왜 집을 나섰는지
잊어버렸다
그렇게 나란히 앉아
천 년쯤

강바닥을 휘휘 젓고 있다

팅커벨 꽃집

흔히 녹색이나 갈색이다
악, 화상, 화악, 화탁
겹꽃받침
한 개 꽃에 두 개 이상의 꽃받침
통꽃받침
통 모양의 기름한 꽃받침
꽃받침조각은 악편,
꽃잎 져도 남아 있는
늦은꽃받침
감꽃, 나팔꽃, 완두꽃
숙존꽃받침,
꼬다리 감이 그렇다
제때꽃받침
꽃잎과 함께 떨어지는 꽃받침

제때 사라져야지
통인시장 입구에서
꽃을 샀다
봄이다

소멸의 현상학

강 동 호

1

현대 예술의 이념적 태생이 자기부정성에 있다는 말은 제법 상식처럼 통용되는 견해이지만, 이 견해를 끝까지 밀고 나가면서 급기야 자신의 존재태로 삼아버리는 작품을 상상하기란 말처럼 쉬운 일은 아니다. 무엇보다 부정성의 의지는 최소한 '~에 대한' 부정으로 실천될 수밖에 없다는 면에서 불가피하게 그 활동의 정당성을 부정의 대상으로부터 규제받기 마련이다. 문제는 자기 자신을 부정의 과녁으로 삼을 경우 부정의 실천 자체가 부정의 대의를 배반해버리는 난처한 입장에 봉착할 수 있다는 데 있다. 그 어디에도 정주하지 않고 지치지 않는 부정 정신의 지난한 추격전을 상상하는 것이 생각보다 버거운 까닭도, 그리고 이

것이 창작의 입장에서도 꽤 복잡한 딜레마를 야기할 수밖에 없는 사연도 거기에 있다

아마 최하연의 첫 시집『피아노』(문학과지성사, 2007)에서 독자들이 확인할 수 있었던 것 역시 그러한 딜레마마저 언어의 온몸으로 체현하기를 마다하지 않았던 시인의 외로운 여정이었는지도 모른다. 첫 시집의 해설에서 적확하게 표현했듯이, 말과 현실의 결핍에 대한 절망이 견인하는 끝없는 '무궁(無窮)'의 노래를 작곡하고 연주하는 것이야말로 이 시집에서 시인이 주되게 바쳤던 노역 중 하나였던 것이다. 덕분에 최하연의 첫 시집을 인상적으로 읽었던 독자라면 언어에 대한 특유의 세심하고도 밀도 높은 자의식을 앞세워 자기 파괴적 탐문을 이어가던 끝에, 비틀리고 일그러진 실존의 차단된 시공간으로 일순간 비약하곤 했던 시인의 고독한 상상력을 떠올려볼 수 있을 것이다. 기억을 더듬어보는 차원에서, 이 시집의 전주곡에 비견될 수 있을 시 한 편을 청해보자.

바람이 눈을 쌓았으니
바람이 눈을 가져가는 숲의 어떤 하루가
검은 창의 뒷면에서 사라지고
강바닥에서 긁어 올린 밀랍 인형의 초점 없는 표정처럼
나무나 구름이나 위태로운 새집이나
모두 각자의 화분을 한 개씩 밖으로 꺼내놓고

그 옆에 밀랍 인형 앉혀놓고

여긴 검은 창의 경계

얼어 죽어라 얼어 죽어라

입을 떼도 들리지 않는 숲의 비명

뒷면들마다 그렇게 모든 뒷면들마다

입 맞추며 먼 강의 물속으로

가라앉으리

　　　　　—「무반주 계절의 마지막 악장」 전문, 『피아노』

　이처럼 최하연의 시적 공간은 삶의 계기가 말라버리고 죽음의 권리마저 강탈당한 권태의 공간, 살아 있다는 사실이 내 삶의 가치를 보장하지 못하는 공간이다. 현전의 깊이를 얻지 못한 죽은 시간 안에서, 시적 화자는 절망적 예지의 기운까지 머금은 짙은 허무의 검은 물속으로 침잠하고 있다. 어떤 이들은 이 단절적인 언어들의 파편에서 무기력을 보겠지만, 사실 여기서는 현대성이 야기하는 필연적인 허무와 공생 관계를 맺고 있는 어떤 필연적 태도가 피력되는 중이기도 하다. 조금 더 과감하게 말하면, 이것은 현대성의 경험이 그야말로 폐허에서의 생존과 다를 바 없다는 것, 그리고 현대 예술은 이러한 속세에 대한 도저한 절망과 부정의 정신에 젖줄을 대고 있다는 일반론에 최하연 역시 동참하고 있다는 뜻으로 이해할 수 있다.

　역시나 문제는 앞서 이야기한 대로 이러한 도저한 부정

의 의지가 단지 일회적인 천명으로 그칠 수 없다는 데 있다. 결과적으로 부정의 운동이 그 가치를 담보받기 위해서는 저 자신의 가치가 세워지는 순간마다 자기 자신에 대해서도 부정하는 다른 부정의 움직임을 끊임없이 요청해야 한다. 그러므로 이 움직임은 불가피하게 계기(繼起)적일 수밖에 없다. 그렇다는 것은 이 계열적 움직임의 세계 역시 자신의 운동이 빚어낸 공간 자체를 일종의 감옥으로 변모시킬 계기(契機)마저도 숙명처럼 내장해야 한다는 뜻이기도 하다. 현대시의 자기 부정성과 관련하여 그것이 지나치게 난해하고 폐쇄적이라는 일각의 비판이 핵심을 정확히 짚은 것이라 할 수는 없지만, 자주 오용되는 저 난해성과 폐쇄성이라는 단어를 애당초 무의미한 이야기로 치부하기 어려운 까닭도 그 표현이 저 부정적 움직임의 자율적 네트워크가 양산할 수 있는 효과를 넌지시나마 가리키고 있기 때문이다. 이제 와 돌이켜보면, 이미지들의 파괴적 교란이 발생하는 그의 시편들 중에서 특히 다음과 같은 풍경에 시인과 독자의 시선이 머물렀던 이유 역시 그에 대한 자각과 무관하지 않아서였을 것이다.

섬이 있다네, 섬과 교회가 있다네, 섬에는 우체국이 있고 좁은 길이 있고, 어둠 속에 숨은 달이 길의 끝을 자꾸만 늘이고 있다네, 바다는 끝내 수평선에 목을 매고 다시는 돌아오지 않는다네,

뒤돌아보면 하나 이상의 하나가 자꾸만 따라온다네, 앞서
가지도 않으면서 기다리지도 않으면서, 섬의 하루는 달빛을
따라 바다로 나간다네,

오늘은 만선이었고, 만선 직전의 어제는 아직 끝나지 않
았다네, 얼마나 더 가야, 그 섬에 닿을지, 얼마나 더 가야,
나는 섬 밖에서 섬을 바라볼 수 있는지, 누군가 모든 길들을
처음으로 되돌리고 있는데,

교회의 종탑은 순간 번쩍인다네,

—「콘체르토」 전문

"얼마나 더 가야, 그 섬에 닿을지, 얼마나 더 가야, 나
는 섬 밖에서 섬을 바라볼 수 있는지"라는 구절에서 읽을
수 있듯, 수평선을 향하여 멸몰하는 바다 바깥으로 탈출하
지도 못하고 세속의 섬 안에 정착하지도 못하는 어정쩡한
삶이 곧 현대적 시인의 삶이다. 그러한 교착 상태에서 균
열이 감지되기 시작한 것은 "교회의 종탑"의 섬광을 목격
하는 순간에 이르러서이다. 저 종탑의 번쩍임이 유독 이
시집이 전개해나가는 움직임의 푼크툼처럼 독자의 눈을 찔
렀던 까닭은 여기서 최하연의 시가 절망과 허무에 종속되
지 않을 수 있는 어떤 자기 구원의 기미 같은 것이 가시화

되고 있기 때문일 것이다. 물론, 그것은 "교회"라는 이름으로 대변되는 초월적인 것의 상징적 표상과는 그다지 큰 관련이 없다. 오히려 우리에게 깊은 인상을 남기는 것의 정체는 그 어떤 상징적 의미화에도 저항하는 해석적 잔여로서의 빛이다. 혹은 그것을 환유의 확장으로서의 알레고리라고 이름 붙여도 좋을 것이다. 상징이 제도화된 언어 관습 안에서 이루어진 현상과 관념의 공고한 결합체라면, 알레고리는 그 결속이 빚지고 있는 제도의 뼈를 드러내고 내파한다. 거꾸로 말해, 저 번쩍임에서 구원 그 자체를 읽는 것은 빛이 곧 구원의 상징이라는 관습적 독해에 안주한다는 뜻이지만, 시인은 그러한 편안한 제도적 독해에 만족하는 대신 의미와 기호 사이의 어긋남이 발생시키는 예외적인 순간을 이미지로 제시하는 길을 택한다. 그래서 위 빛은 구원의 가능성을 직접적으로 말해주지는 않으나 이상하게도, 아니 오히려 그렇기 때문에 우리로 하여금 구원의 기미가 의미론적으로 충전될 수 있는 시니피앙의 밑자리를 점검하게끔 만드는 것이다.

이 빛에 대한 응시는 이 시집 전반에 걸쳐 어떤 자기반성을 권유하는 변증법적 표식 같은 것일 수 있다. 현대의 예술이 대개 기의에 착목하기보다 기표들의 무한한 증식과 해체적인 불협화의 놀이에서 희열을 얻는다는 믿음이 정답처럼 유포되곤 하지만, 언뜻 자유로워 보이는 퍼포먼스를 통어하는 욕망의 다른 구심점이 없다면 그 파괴의 생명력이 결코 길 수 없다는 것도 분명한 사실이다. 그러므로 진정한 시인이라는 것을 우리가 만약 가정할 수 있다면, 그는 이 세계에 속하지 않으면서도 완전한 탈주를 종용하지도 못하는 어정쩡한 경계의 삶을 영위할 수밖에 없다. 예술가가 현실을 부정하고 파괴하고자 하는 생각에 골몰하고 있다면, 그것은 믿을 수 없는 현실에 대해서 그저 믿을 수 없다고 말하기 위해서가 아니다. 현실을 믿을 수 없다는 말은 현실로부터 완전히 돌아서겠다는 의미가 아니라, 현실이라는 이름으로 탄압받고 있는 현실의 다른 가능성을 짚어내겠다는 의지의 표현인 것이다.

이 시집의 표제작이자 마지막 시 「피아노」에 마침내 우리의 시선이 머무를 수밖에 없던 것도 같은 맥락에서 이해될 수 있을 것이다. "얼어 죽어라 얼어 죽어라"와 같은 주술적인 시구에 정확히 대응되는 구절("두들겨라, 두들겨라")과 더불어 마치 무한한 도돌이표를 기도하는 것 같은 무수한 쉼표들의 연주를 통해 시인은 앞에서 목도한 섬광을 가시화하는 작업을 끝내 놓아버리지 않겠다는 의지를 일깨웠던 것이다.

나는 나의 다음 페이지가 무조건 될 수 없다는 것, 우주를 한 바퀴 돌아 신발을 벗으며 '그것 참'이라고 고백할 수 있다면, 당신이 떨어지고 있는 바로 그 순간, 나도 당신이 있던 그곳을 향해 뛰어오를 수 있다면, 당신의 멈칫함이 나를 일

깨우는 바로 그 주문이길, 두들겨라, 두들겨라, (나의 건반
은 아직 완성되지 않았어요) 나의, 나를 위한 마침표는, 언
제나 나의 시작 전에 찍히고 있어요,

—「피아노」 부분

2

　우리는 개략적으로나마 최하연의 첫 시집과 관련하여,
말과 현실에 대한 부정 의식이 어떻게 스스로에 대한 부정
을 거쳐 다시 현실의 밑자리로 되돌아오게 되었는지를 일
종의 편력기처럼 간주하고 읽었다. 이러한 우회로를 경유
해야 했던 이유는 우선 이 통시적인 움직임이 도달했던 자
리의 기저에서 새로운 시의 움직임이 공시(公示)될 것임
을 예감했기 때문이며, 그리고 무엇보다도 그의 두번째 시
집 『팅커벨 꽃집』을 읽었을 때 감지되는 어떤 외양적 변화
에 대해 말해둘 필요가 있었기 때문이다. 그의 새 시집을
받아든 독자라면 첫 시집에서 마주했던 그로테스크한 절망
의 이미지와 궤변에 가깝게 표출되는 사념(思念)이 잦아
들고, 어떤 인상에 관한 집요한 묘사에 그의 시편들이 상
당 부분 할애되고 있다는 사실에 의아해할 수도 있다. 물
론 시인의 시 세계가 달라지는 것이야 자주 있는 일이겠으
나, 첫번째 시집과 두번째 시집 사이에 이토록 급격한 변

모가 나타나는 것은 확실히 예사로운 일이 아니다. 모종의 사연이 있을 법한데, 그 사연을 추적하는 도정이야말로 앞서의 섬광이 보다 구체적인 시적 형태로 전개되는 과정과 일치할 수 있을 것이다. 이를테면 이 시집의 문을 열고 있는 첫 시를 보라.

언덕에 꽃이 맺혔다

골목에 눈이 내렸다
불 켜진 창이 있었다
동그란 것들이 몰려왔다
반쯤 열어놓은 바다가 있었다
두 개의 동그라미가
서로의 등을 어루만지며
동그라미를 지우고 있었다

눈이 왔고
꽃이 졌다

—「초사흗날 아침」 전문

보시다시피 상황은 당혹스러울 정도로 단출하다. 눈앞에 펼쳐진 풍경에 대한 특별한 소회도 없이, 그저 사태에 대한 기술과 현상에 대한 관조적인 묘사만으로 매우 미니

멸한 장면이 압축적으로 영사되고 있다. 언덕에 꽃이 피었고, 눈이 왔고, 꽃이 졌다. 그러나, 이렇게 요약하기에는 사태를 주시하는 화자의 시계에서는 그 흘러가는 사정이 조금 더 복잡해 보인다.

우선 첫 연부터 읽어보자. "언덕에 꽃이 맺혔다". 일상적인 용법에서는 사용되지 않을 이상한 표현이지만, 그 문장의 의도를 해석하는 것이 그리 어렵지는 않다. 꽃은 피어나지 맺히지 않는다. 맺히는 것은 이슬이다. 그렇다면 맺혔다고 표현되는 진술에서는, 아침이 되면 증발해서 사라지게 될 이슬의 운명을 언덕의 꽃 역시 공유하고 있다는 시인의 예감과 관련 있다고 생각해볼 수 있겠다. 과연 두 번째 연에서는 눈이 내린 외부 풍경에 대한 묘사가 이어지는데, 이 과정에서 시적 화자의 시계에 착란이 발생하고, 동그라미가 동그라미를 지우는 기하학적이면서도 초현실적인 장면이 펼쳐진다. 눈이 내리고 꽃이 지는 사태가 거의 동시간대에 순차적으로 발생하는 것을 감안하면, 위 시의 시간적 배경은 겨울과 봄 사이의 초사흘로 추정될 수 있으며, 그렇다면 꽃은 봄꽃으로 보는 것이 자연스럽다. 마지막 연에 이르러 이미 모든 사태가 완료형의 시제로 그려지고 있다는 사실은 그래서 흥미롭다. 꽃이 피면 사람들은 자연스럽게 따뜻한 해빙의 봄을 희구하지만, 시인은 그 희망의 기운이 천지에 가득한 풍경에서도 또 다른 소멸의 기운을 예감한다. 그렇다면, 시인은 이제 본격적으로 소멸에 대해 말하려는 것인가. 우선은 그런 것 같다고 대답할 수밖에 없는데, 과연 우리는 이 시집의 도처에서 속출하는 저 불길한 소멸의 정경을 목도할 수 있다.

손가락을 들어
선 하나를 지웠더니
크레인이 무너졌다

—「도화지」 부분

모기들은 종이 위에
구멍이란 글자를 써넣었다

—「지워지는 화원 2」 부분

여기서도 우리는 시인이 주시하고 있는 사태의 국면들이 속출하고 있으며 그 국면들이 분명 이전의 시집에서 피력된 세계관과 동궤에 놓여 있음을 알 수 있다. 여전히 시인은 잠에서 깨어나 "일어났더니, 무덤 속이었"(「안식일의 정오」)음을 깨닫고 "그 무덤 깊숙이 막다른 골목이/끝없이 펼쳐졌"(「내수동과 적선동 사이」)음을 목격한다. 창백한 현실은 여전한데, 그 세계 바깥으로 탈출할 수 있는 출구 또한 쉽게 상상될 수 없는 것은 이전 시집에 이어서 최하연을 둘러싸고 있는 명백한 시적 정황이자 현실이다.

그런데 문제는 이렇게만 말하기에는 어딘지 미진한 감

이 남는다는 데에 있다. 무엇보다 이 시집을 떠받치고 있는 정조가 이상하리만치 평온하고 정적이라서, 첫 시집의 폐색 짙은 좌절과는 상당한 거리를 취하고 있는 것처럼 느껴진다는 점도 부인할 수 없기 때문이다(이에 대해서는 뒤에서 더 자세히 분석할 것이다). 자세히 살펴보면 앞서 인용한 서시의 경우도 각 행을 종결짓는 용언들의 동태("맺혔다" "내렸다" "졌다")가 어떤 쇠락을 환기하는 와중에도 고집스럽게 현존("있었다")의 표지를 각인시키며 어떤 긴장을 낳고 있지 않는가. 이는 절망의 예기를 표출하면서 시집의 포문을 열었던 첫 시집의 강렬함에 비교한다면 상당히 변화된 분위기라 할 수 있는데, 때문에 공교롭게도 이번 시집은 곳곳에서 전개되는 소멸의 정황에도 불구하고 미래에 대한 낙담이나 현재에 대한 회피의 감정이 깃들 여지가 그리 많지 않다. 아직은 섣불리 긍정이나 낙관이라고 말할 수는 없지만 존재가 명멸하는 가운데, 여전히 무언가가 완벽하게 사라지지 않았다는 분위기가 가시지 않는 것이다. 우리의 직관적인 느낌을 보다 구체화하기 위해서라도 다시, 첫 시의 일부분을 읽어보자.

골목에 눈이 내렸다
불 켜진 창이 있었다
동그란 것들이 몰려왔다
반쯤 열어놓은 바다가 있었다

우선 "불 켜진 창이 있었다"라는 구절은 지난 시집에서 '검은 창' 앞에 서 있던 화자의 처지를 고려할 때, 시인이 이전과 달리 어떤 열림에 대한 정향으로 기울어져 있다는 독자의 직관적 심증을 불러일으키게 한다. "반쯤 열어놓은 바다가 있었다"에 도달하면 그 심증은 더욱 확대된다. 언뜻 생각하기에는 반쯤 열어놓은 창문을 통해 바다가 반쯤 보인다는 뜻 정도로 풀이될 수 있을 것 같은 구절이지만, 그렇게 읽어버리면 그 전 행에서 '창'과 거리를 취하고 있던 화자의 시선이 돌연 창 안으로 위치적 비약을 감수해야 한다는 난점이 생긴다. 그렇다면 시인이 현실과 저 자신의 무기력함을 수용하는 와중에도 차폐된 시공간에 갇히지 않은 채, 어떤 열림의 기미를 발견할 수 있었던 비밀은 어디에 있는가.

이 비밀을 해명하는 데 도움이 될 법한 가설적인 해석 하나를 추가해보는 건 어떨까. 이를테면, "반쯤 열어놓은 바다"를 주관의 창이 열어놓은 풍경, 그러니까 주관의 각판(刻板) 위에 보이는 그대로 인화된 파노라마로 간주하는 것 말이다. 원근법적인 통념의 족쇄를 풀고 눈앞의 정경을 일종의 평면화처럼 전환시켜 하늘과 바다가 맞닿아 있는 저 수평선을 중심으로 풍경을 재편해보자. 그럴 때, 바다는 하늘의 일부를 가리고 있는 반쯤만 열어놓은 창문처럼 보일 수도 있다. 여기서 시인이 열림을 본다는 사실은 특별히 중요하다. 무엇보다 이 열림에 대한 자각은 사태를 개관할 수 있다는 시인의 자신감보다는, 오히려 주관의 한계에서 시작되기 때문이다. 이것은 이 시집 전반의 주제인 '소멸'에 대해서도 마찬가지이다. 사실 소멸이야말로 인간의 경험 구조가 파지할 수 없는 궁극의 사태가 아니던가. 가령, 위 시에서의 수평선도 그와 같은 맥락에 놓여 있는 현상학적 이미지이다. "참새와 참새 사이에/선 하나를 긋지 싶어/나의 혀로는 발음할 수 없는/저 언어"(「먹」)라는 구절이 환기하는 바대로 저 선은 물리적인 실체가 있는 것도 아니라서, 실재하는 어떤 대상을 대리하는 표상이라 할 수 없다. 차라리 그것은 사태의 진면목을 개관할 수 없게 만드는 현존재의 국지성(局地性)을 보여주는 경험의 구조이다. 그런데 그 제한된 구조가, 즉 닫힘이 열림을 가능하게 할 수도 있다. 왜? 거꾸로 생각해보면, "존재자를 존재하게 하는 것은 현존재의 국지성"(미셸 콜로, 『현대시와 지평구조』, 정선아 옮김, 문학과지성사, 2003, p. 47)일 수 있으니까. 저 국지성을 현존하는 것의 피안으로서 부재하는 것, 일종의 지평이라는 현상학적 용어로 바꿔도 사정은 크게 달라지지 않을 것이다. 그렇다는 것은 시인이 이제 그 탈출 욕망이 빚어낸 수평선의 계기적인 발생보다는 그것의 구조화에 마음을 쓴다는 뜻이기도 하다. 이른바 소멸이라는 사태에 의거하여 현실에 나타날 수 있는 내재적 삶의 구조를 통해 소멸 이상의 무언가를 보려는 사유에 그의 시가 이르렀다는 뜻이다. 최하연이 눈앞의 사태와 그 인상들을 생략하지 않고 과감히 주관의 화폭에 새기려는 까닭도 거기서 찾을 수 있을 것이다. "반쯤 닫힌 세계가 반쯤 열린 세계를 향해/천천히 쓰러진다"(「나무 심기 좋은 날」). 다시 한 번 말하지만, 보는 바 그대로를 믿기 위해서가 아니라 실상 중요한 것은 우리의 눈에 보이지 않지만 그것이 우리 삶을 구성하고 더 나아가 그 삶에 어떤 구조와 형식을 부여할 수 있으리라는 생각에 도달했기 때문일 것이다. 그리하여 시인은 이제 무의 장막에 가려져 있던 현실의 가능성을 들어 올리기 위해, 주관이라는 캔버스에 새로운 화풍의 그림을 그리기 시작한다. 이렇게.

　　해바라기가 노랗다
　　꽃잎이 꽃잎을 덧칠해 내려갔다
　　허공이었다

　　이 얼마나 멋진 세상인가
　　루이 암스트롱의 노랫소릴 들으며

　　꽃잎이 꽃잎을 덧칠해 올라갔다
　　허공이었다

　　밤새 비가 내렸고

노란 비가
노란 꽃잎을 적셨다

꽃잎이 꽃잎을 덮고는 잠이 들었다

날이 밝으면
꽃잎이 꽃잎을 덧칠해 내려갔다

허공 한 잎이
허공 밖으로 떨어졌고, 그 밖엔

눈을 꾹 감은 고양이가
두 발을 모은 채
노랗게 앉아 있었다

—「지워지는 화원 1」 전문

수사적인 과잉이 점철된 궤변도, 능란한 이미지들의 반란도, 파괴적인 에너지의 작란도 없는데 기묘하고도 이상 야릇한 긴장감이 느리지만 분명하게 위 시를 장악하고 있다. 우리는 위 시를 언어라는 도구로 덧칠해 그린 일종의 인상주의 회화에 비유될 수 있을 것 같다. 그러나 시적 화자의 눈에 영향을 주는 것은 다름 아닌, "허공"이다. 그러므로 위 시의 정경에 긴장감을 불어넣는 빛은 인상주의 회화에서처럼 태양의 직사광선이 아니라, 비유하자면 일종의 '소멸의 빛'이다.

3

　왜 하필 소멸인가? 이에 대해 말하기 위해서는 우선 이 시집에서 계속해서 등장하는 꽃에 대해 언급해둘 필요가 있겠다. 주지하듯, 꽃은 수많은 시인들의 생이 일구어낸 현대시사의 한 궤적을 환기하는 의미심장한 소재이다. 가깝게는 절대적 언어 탐구를 내세웠던 김춘수의 시적 사유에서부터 멀게는 말라르메의 순수 관념을 향해 바쳐진 종교적 고행, 혹은 지옥과 같은 세속의 권태와 악행의 밑바닥에서 천상으로의 통로를 탐색하려 했던 보들레르의 꽃에 이르기까지, 꽃은 수많은 시인들이 자신의 이상향적 세계와 꿈을 찾는 과정에서 등장했던 시적인 것의 역사적 상징으로서 피어 있다. 그러나 역사적 상징으로서의 '꽃'이 개별의 시편에서도 어떤 현전의 상징체로 찬란히 개화하고 있었던 것은 아니다. 이를테면, 말라르메의 시가 걸었던 길은 그런 의미에서 김춘수의 길과는 상당히 달라 보인다. 말라르메의 꽃은 시의 한계가 양산해내는 낱말의 실체들이 묻혀 있는 무덤 위에 간신히 피어 있는, 실패의 이정표 같은 것이다. 말하자면, 그것은 언어의 실패가 드러내는 부재의 정황을 우선적으로 환기하는 알레고리적 부산물에 가까운데, 그 알레고리의 확장이 어떤 보편적인 인간 언어의 운명을 지시하는 계열들의 짜임을 이루면서 일종의 역사적인 형태의 상징에 근접할 수 있던 것이다.

그러나 이 실패가 단순한 실패로 머무는 것은 아니다. 이와 관련하여 블랑쇼는 「말라르메의 경험」이라는 제목의 글에서 이렇게 덧붙인 바 있다. "단어들은, 우리가 알고 있듯이, 사물들을 사라지게 하는 힘을, 사물들을 사라진 것으로서 나타나게 하는 힘을 지니고 있다. 사라짐의 나타남일 따름인 나타남. 단어들의 영혼이자 생명인 침식과 마모의 움직임을 통하여 부재로 되돌아가는 현전, 단어들이 꺼진다는 사실을 통하여 단어들로부터 빛을 끄집어내는 현전. 어둠의 어둠을 통한 밝음. 하지만 사물들을 그 부재 가운데 '일어서게' 하는 힘을 지닌 단어들은, 그 부재의 다스림으로서, 거기서 그 자체 사라지고, 놀랍게도 스스로가 부재하게 되는 힘을 또한 지니고 있다. 이를테면, 단어들이 실현하는 모든 것 속에서, 단어들 스스로가 무효화되면서 공표하는 모든 것 속에서, 스스로가 끝없이 파괴되면서 지속적으로 완성하는 모든 것 속에서. 모든 점에서 자살이라는 그토록 낯선 자기파괴 행위"(모리스 블랑쇼, 『문학의 공간』, 이달승 옮김, 그린비, p. 49). 아름다우면서도 한편으로는 비의적인 색채가 묻어나는 난해한 글이지만, 찬찬히 읽어보면 시의 언어가 초래하는 왜소함과 더불어 그 왜

소함이 개화시키는 풍요로운 현전성이 동시적으로 개시될 수 있다는 설명임을 이해할 수 있을 것이다. 확실히, 단어는 세계의 실재를 직접적으로 담아내지 못하는 불완전한 수단이다. 이를테면 들판에 피어 있는 꽃을 '꽃'이라 이름 붙이는 순간, 그것을 기호의 투망으로 애써 잡는다고 해도 남는 것은 불모의 현실을 환기하는 시니피앙에 불과하다. 최하연이 "손 뻗으면 닿을 수 있는 곳이란/존재하지 않는다"(「새의 날개 아래 완고한 벽」)고 단언한 것도 그와 무관하지 않다. 그러나 실재가 빠져나간 시니피앙의 공동(空洞)에 아무것도 채워지지 않는 것은 아니다. 인간이 말을 할 수 있다는 것은 실재에 대한 살해의 숙명을 저주처럼 안아야 한다는 뜻이기도 하지만, 역설적이게도 이 사라짐을 응시하는 과정에서 그 부재의 공간을 채우는, 또 다른 가능성이 남아 있다는 뜻이기도 하다. 마치 '꽃'이라는 단어 역시 죽은 시체마냥 생동감이 결여된 송장 같은 낱말 따위로 남지만, 의미가 소거된 이 시체가 놓여 있는 자리 주변을 희미하지만 또 다른 생명의 기운이 채울 수 있다. 이를테면, 다음 시를 보라.

숲이 자라는 소리와 당신이 또각또각 걷는 소리를 들으며
떨어지는 꽃잎을 기다렸다

불 켜진 창마다 두드려보고 녹슨 난간을 쪼아도 보았지만,

그 깊은 땅속엔

아무것도 없었다

알람을 맞추고 문을 닫았다

태양은 늙은 복서처럼 달렸다

—「안식일의 정오」 부분

　시인은 꽃잎이 떨어지기를 기다리고 있지만, 그가 기다리고 있는 것이 떨어진 꽃잎이라 할 수는 없다. "그 깊은 땅속엔/아무것도 없었다"고 했거니와, 생의 잔해를 비유하는 떨어진 꽃잎과 그 폐허의 자리를 아무리 탐조해도 사정이 크게 달라지지 않는 것은 틀림없다. 그렇다고 하더라도 남는 것이 없지는 않다. 떨어지는 꽃잎을 기다리면서 "숲이 자라는 소리와 당신이 또각또각 걷는 소리"는 시인의 경험 깊은 곳에 무의식이라는 형태로나마 새겨질 것이기 때문이다. 그리고 이 소리는 소멸을 맞이하기 위해서는 어떤 기다림의 자세가 필요하며, 그러한 자세는 필히 일종의 시간을 요청해야 한다는 점을 암시하고 있다. "알람을 맞추고 문을 닫"는 화자의 의지나 "태양은 늙은 복서처럼 달"리는 정황 역시 그 부재를 채우는 시간의 움직임을 공간화하고 형상화하는 것의 일환이라 할 수 있을 것이다.

심장과 손톱 사이에
가시나무 한 그루를 심고는
밤새 말을 더듬는다

모로 누울 때마다
사랑 같은 것들이 따가웠다

손톱 끝에 가시나무 꽃이 피고

가시에 걸린 바람의 살점을 뜯어 먹으며
구름은 또 밤새 비를 내렸다

꿈의 뿌리가 젖는 동안

손톱 끝에서 꽃송이가 사라지고
머리끝에서 머리카락이 사라지고
혀끝에서 입술이 사라지고

바퀴벌레의 촉수가 사각사각 지워지고
새의 부리가 녹아내린다

꿈이 하나의 점이 될 때까지
꽃이 다 질 때까지

  다시 또 풍경이 지워지고, 대상들이 사라지고 있다. 이는 소멸에 대한 인상을 그리기 위해서는 결국 그것을 직접적으로 보여주는 비유로서의 이미지를 조직할 것이 아니라, 그 이미지가 형성되고 덧없이 무용해지는 퇴색과 퇴락의 시간("꽃이 다 질 때까지")을 그려야 한다는 사실을 말해준다. 한발 더 나아가자면 소멸에 직접적으로 대응되는 표상은 없지만, 그 표상 없음의 상태를 설명하기 위해서는 반드시 시간이, 그것도 일종의 환유적인 굴절을 통해 그 부재의 빈 공간을 채움으로써 부재를 현시하는 데 일조하는 것이기도 하다. 왜 환유적인가? 환유는 원관념과 보조관념 사이의 관습적 승인하에 정당성을 확보했던 은유와 달리, 성스러운 시니피에로의 봉헌에 실패한 낱낱의 낱말들이 그 권위를 잃은 채 벌이는 집합적 운동에 가깝기 때문이다. 환유는 그러므로 제 꿈을 이루지 못한 은유가 구체적인 활동들을 통해서 간신히 환기하는 시간성의 진동 그 자체이기도 하다.

  그러므로 이런 말이 가능하다면, 최하연의 시를 전개해나가는 숨어 있는 시적 주체는 '시간' 그 자체라고 할 수도 있는데, 그것은 앞서 살펴보았던 수평선을 둘러싼 현상학적 경험 구조가 그러하듯 직접적으로 표상화되는 것이 아니라 소멸과 부재라는 표상 불가능한 사태와 관계를 맺는 과정에서 간접적으로 현시되며, 경험을 비로소 경험으로 구조화한다. 블랑쇼의 말을 빌리자면, '사라짐' 역시 일종의 또 다른 형태의 '현전'의 형식, 즉 '부재로서의 현전' 혹은 '부재를 현전하는 것으로 만드는 부재'라고 할 수 있거니와, 모든 것들이 소멸의 편으로 넘어가는 과정에서 의도치 않았던 현전의 가능성이 일으켜질 수 있는 법이다. 같은 맥락에서 파스칼 키냐르는 이렇게 썼다. "나는 밤을 인간들에게 오기 전 사라진, 공간에서 소모된 빛이라 부른다./밤하늘은 어둡고 어둡다./만일 일몰에도 우주가 영원하다면, 헤아릴 수 없는 수십억의 별들이 사는 하늘은 그 어마한 천궁의 면모를 보여줄 터이고, 척추동물과 새들은 눈부셔할 것이다./밤하늘은 **시간의 탓으로** 어둡다./천공의 첫 별들이 형성된 이래 빛이 그 별들을 바라보는 동물들의 눈에까지 도달하는 시간은 느리고 느리다./암흑은 이 우주 공간의 느림이다(빛나지 않을 느림, 아니 퍼지는 광막함을 모두 감지하는 느림)./느림은 공간이다./성서도 정확히 암흑을 **시간의 진행성 소멸**이라 했다"(파스칼 키냐르, 『심연들』, 류재화 옮김, 문학과지성사, 2010, p. 61). 밤하늘의 어둠이 그저 빛의 부재가 아니라, 빛이 존재하는 또 다른 '시간의 형식'일 수 있듯이. 그러므로, 아무것도 없는 언어의 공간에서, 설사 꽃이 지더라도 꽃의 부재를 채우는 다른 꽃, 이른바 "꽃의 꽃"이 개화하기에 이른 것이다.

1

꽃의 꽃이 피었다

골목이 골목 끝에서 뛰어내렸다 사과 한 알이

사과나무에서 떨어진 날

꽃의 꽃이 피었다

어둠이 청력을 잃은 날

왼쪽이 오른쪽으로 건너간 날

널어놓은 이불 아래

잠든 고양이가 잠들어 있던 날

2

선 하나를 긋고

선 하나를 지웠다

손톱과 매니큐어 사이에

꽃과 꽃잎 사이에

피에로와 회전목마 사이에

긋고 지웠다

이번 휴게소와 다음 휴게소 사이에

말러와 사티 사이에

뛰어내린 골목이 들고 돌아온

닿은 눈송이와
닿지 않은 눈송이 사이에
긋고 지웠다

꽃의 꽃이 피던 날
—「지워지는 화원 3」 전문

여기서 제시되는 정황은 그야말로 결정적이다. 사정은 앞과 크게 다르지 않다. 사과가 떨어지고, 선이 지워지고, 눈송이가 녹아 없어지지만 남는 것이 여전히 없지는 않다. 이를테면, 우리는 위 시에서 바로 그러한 소멸을 감당하는 '날'이 있다는 것을 부인하기는 어렵다. 그리고 이 날을 드리우기 위해 시인은 "선 하나를 긋고/선 하나를 지"우는 반복의 과정에서 "사이"를 계속해 배출하고자 한다. 간극을 견인하는 이 사이−시공간에서 우리는 뒤늦게나마 어떤 흉터와 오래된 미래를 발견할 수 있기 때문이다.

손톱이 지나간 자리로
무너진 세계의 흉터가,
꺼내보지 못한

오래된 약속 같은 것들이, 아물고 있었다

——「그믐날 오후」 부분

　이 아물음은 일종의 여묾이기도 하다. 이쯤에서 지적해야 할 사실이 하나 있다. 그것은 최하연의 시에 '열매'가 등장하지 않는다는 것이다. 통상 꽃이 지기 시작하면, 그간 꽃잎이 가리고 있던 열매의 윤곽이 드러나기 마련이다. 일반적으로 꽃이 지는 것을 쇠락의 징표라고 해석하지만, 어떤 의미에서 그것은 열매의 맺음이라는 또 다른 삶의 기미를 보여주는 예표이기도 하다는 것을 우리는 종종 간과한다. 열매의 부재가 시인의 의도하에 비롯된 것인지는 단언할 수 없으나, 그 또한 최하연의 시 세계에 대한 흥미로운 징후 같은 것으로 읽힐 수는 있을 것이다. 우리가 패배주의의 심연에 떨어지지 않는 까닭은 이 반복이라는 형식 안에서만 존재 이행의 원인이자 결과인 차이를 도모할 수 있으며, 이 차이가 야기하는 시간으로 인해 우리는 부재를 또 다른 부재로 극복하고 새로운 삶을 살아갈 수 있는 단단한 의지를 얻을 수 있기 때문이다.

4

　지금까지는 다소 관념적인 말들을 늘어놓았지만, 이것

이 우리의 삶과 동떨어진 형이상학적 담론이나 시론(詩論)
적인 논의에 불과한 것은 아니다. 무엇보다 시간을 다시
경험하는 일은, 우리의 삶이 끝내 이어질 수 있는 어떤 삶
의 형식을 궁구하도록 만드는 데 일조하기 때문이다. 시간
은 존재가 이행을, 즉 어떤 의미 있는 삶을 변화의 양식으
로 영위하고 있다는 표지 같은 것이다. 같은 맥락에서 이
시집의 첫 시와 대응되는 맨 마지막 시의 마지막 구절은
특별히 의미심장하다.

    흔히 녹색이나 갈색이다
    악, 화상, 화악, 화탁
    겹꽃받침
    한 개 꽃에 두 개 이상의 꽃받침
    통꽃받침
    통 모양의 기름한 꽃받침
    꽃받침조각은 악편,
    꽃잎 져도 남아 있는
    늦은꽃받침
    감꽃, 나팔꽃, 완두꽃
    숙존꽃받침,
    꼬다리 감이 그렇다
    제때꽃받침
    꽃잎과 함께 떨어지는 꽃받침

제때 사라져야지

통인시장 입구에서

꽃을 샀다

봄이다

—「팅커벨 꽃집」 전문

　　어쩌면 우리는 여기에 이르러 이 시집의 첫 시에서 읽었던 내용들과 반대되는 결정적인 결론에 당도했는지도 모르겠다. "제때 사라져야지"라는 구절은 그런 점에서 이번 시집 전체의 맥락에서도 하나의 푼크툼이지만, 이 말이 문면 그대로 아름다운 퇴장이라는 일상적 깨달음을 종용하기 위해 동원된 것은 아니다. 물론, 가야 할 때가 언제인지를 알고 가는 이의 뒷모습은 어딘지 모르게 처연하면서도 깊은 감동을 자아낼 수 있다. 그러나, 문제는 여전히 이 깨달음 뒤에도 찾아온다. 인간은 자신의 유한한 삶이 언제 끝을 맺을지 알 수 없다는 점에서 한층 더 넓은 범주의 유한성으로부터 제지를 받는다. 그러므로 소멸은, 그리고 죽음은 각오할 수 있는 것이라기보다는 우발적인 재해처럼 편재하는 것이다. 이러한 우발성은 인간에게 대비치 못한 슬픔과 절망 그리고 도리 없는 회한을 남기지만, 바로 그러한 이유로 경험할 수도 표현할 수도 없는 소멸의 사태를 역사라는 통시적 형식 안에서 일종의 기억의 형태로 보존

하는 법을 배운 것인지도 모른다.

균열 없이 단발적인 하나의 생을 살아가려는 반성 없는 인간에게 소멸은 생의 마지막 종결지에 지나지 않으나 생을 잘게 나눈 삶의 시간들의 집합, 즉 콘텍스트를 구성하는 단락들의 통합체로 읽는 이에게 소멸은 회한과 반성과 기억의 기회를 제공하는, 일종의 보이지 않는 삶의 지평일 수 있다. 이 우발적인 간극이 계기적으로 나열되고 극복되면서 우리를 미지의 현실로 이끄는 시간이 연쇄적으로 재구축될 때, 이른바 우리는 삶에 내장되어 있는 유한성('소멸')을 일종의 삶의 가능성으로 전환시킬 수 있는 형식, 즉 미래의 다른 시간을 얻을 수 있다.

삶이 소멸해가는, 끝나가는 과정에서 위세를 떨치는 것은 시간의 무상함이지만, 그 멸신되어버린 것처럼 보이는 삶 뒤에 다시 역사라는 이름의 생기를 불어넣는 것 역시 그 명멸하는 시간이다. 그러므로 인간은 시간에 대해 객체의 자리에 놓인 것처럼 보이지만, 그럼에도 불구하고 인간이 시간에 짓눌린 채 지배당한다고 볼 수도 없는 것은 시간 역시도 변화하지 않는 채로 존재하는 것이 아니라 저 자신을 극복하는 방식으로 끊임없이 다른 시간을 창출해내야 하며, 그렇게 다른 시간이 다른 시간으로 살아남기 위해서는 여전히 그 시간에 자신의 삶을 헌정하려는 인간의 노력이 계속해서 필요하기 때문이다. 인간의 삶은 변화라는 자기 부정의 형식을 통해서만 진정으로 가치 있는 시간을 비로소 창출할 수 있다. 그렇다면, 진정으로 가치 있는 시간은 곧 주체와 객체가 서로의 자리를 맞바꾸는 일종의 '자신의 타자되기'에 이르러 비로소 배출될 수 있지 않겠는가. 그런 의미에서 소멸은 인간의 유한성의 표지이자, 더 나아가 인간으로 하여금 초월의 장막에 미혹되지 않으면서도, 그 유한성 안에서 유한성을 넘어서게 만드는 제약이자 탈출에 대한 현상학적 징표가 될 것이다.

결국은 이 다른 시간성을 환기하는 것이 최하연 시집의 전체적 기획이라고 우리는 읽었다. 과연, 어떤 시는 그 시를 읽는 동안 우리에게 화려한 이미지들이 남기는 감각적 쾌감과 더불어 삶에 대한 성찰적 깨달음을 담은 문장을 기억의 내용으로 선사하지만 어떤 시는 실로 그러한 감각의 성찬과 잠언의 도움 없이 오직 그 시를 읽었던 경험의 자국만을, 즉 시간의 형식이라는 경험 그 자체를 남기기도 한다. 최하연의 시도 그와 같아서, 돌이켜보면 우리가 그 안에서 간신히 발견할 수 있는 것은 오직 시를 읽는 시간뿐이었을지도 모른다. 그 소멸의 시간 속에서 시간을 구출하기 위해서는, 다시 봄이 오면 꽃이 피듯 인간도 살아감 끝에 사라지고 과거의 사라짐 속에서 살아야 할 것이다. 아마, 우리들의 봄도 그렇게 다시 오게 될 것이다. ▨